5 Juin 1909

marque PN

Tableaux Modernes

AQUARELLES, PASTELS, DESSINS

Appartenant à M. ALFRED B... Baillehache

CATALOGUE

DES

Tableaux Modernes

AQUARELLES, PASTELS, DESSINS

PAR

BESNARD (ALBERT), BOUDIN, COROT, DEGAS, DELACROIX
DUFEU, DUPRÉ (JULES), FROMENTIN (E.)
GAVARNI, JACQUE (CH.), JONGKIND, MANET (E.), MEISSONIER (E.)
MONET (CLAUDE), RIBOT, SISLEY, ZIEM

Appartenant à M. ALFRED B...

ET DONT LA VENTE AUX ENCHÈRES PUBLIQUES AURA LIEU

HOTEL DROUOT, Salle N° 6

Le Samedi 5 Juin 1909

à trois heures

COMMISSAIRE-PRISEUR	EXPERT
Me F. LAIR-DUBREUIL	**M. GEORGES PETIT**
6, rue Favart, 6	8, rue de Sèze, 8

EXPOSITIONS

PARTICULIÈRE : Le Vendredi 4 Juin 1909, de 1 heure 1/2 à 6 heures

PUBLIQUE : Le Samedi 5 Juin (jour de la vente), de 1 h. 1/2 à 3 heures.

CONDITIONS DE LA VENTE

Elle sera faite au comptant.

Les adjudicataires payeront *dix pour cent* en sus des enchères.

Paris. — Imp. Georges Petit, 12, rue Godot-de-Mauroi. — 19786-09.

TABLEAUX

CHINTREUIL

1 — *Le Chemin.*

Signé à gauche, en bas : *Chintreuil.*

Toile. Haut., 23 cent.; larg., 14 cent.

Vente Desbrosses, 1905.

COROT

2 — *Une Cour du Vatican, étude d'Italie.*

Signé à droite, en bas : *Corot.*

Toile. Haut., 24 cent.; larg., 32 cent.

COROT

3 — *La Prairie.*

Une petite rivière, sur laquelle glisse une barque, traverse une prairie verdoyante. A droite, de grands arbres. Au fond, parmi la verdure, des maisons apparaissent. Ciel bleu très fin, barré de quelques nuées d'un gris doré.

Signé à droite, en bas : *Corot.*

Toile. Haut., 24 cent.; larg., 32 cent.

DUFEU

4 — *Grand'rue de village.*

Signé à droite, en bas : *E. Dufeu.*

Toile. Haut., 22 cent.; larg., 35 cent.

DUFEU

5 — *Marine.*

Signé à gauche, en bas : *Dufeu.*

Panneau. Haut., 13 cent.; larg., 24 cent.

N° 3. — COROT. *La Prairie.*

8.000

DUPRÉ (Jules)

6 — *La Rivière.*

A droite, au-dessus de la rivière transparente, un chêne géant étend ses branchages qui se découpent en silhouette sur un ciel nuageux. La rivière grise fuit vers l'horizon bleu. A gauche, une petite barque.

Signé à droite, en bas : *J. Dupré.*

Panneau. Haut., 11 cent.; larg., 16 cent.

Vente F. Humbert.
Collection Gillibert.

FANTIN-LATOUR

7 — *Poires et raisins.*

Signé à droite, en bas et daté : *Fantin, 70.*

Toile. Haut., 25 cent.; larg., 32 cent.

HÉBERT

8 — *Paysans italiens.*

Signé à droite, en bas, du monogramme *H.*

Toile. Haut., 32 cent.; larg., 24 cent.

JACQUE (Charles)

9 — *Le Gardien des porcs.*

Signé à droite, en bas : *Ch. Jacque.*

Panneau Haut., 10 cent.; larg., 8 cent.

N° 6. PRE (Jules). *La Rivière.*

4000

JONGKIND

10 — *La Rue Saint-Jacques.*

A gauche, la tour carrée de l'église Saint-Jacques-du-Haut-Pas. A droite, un long mur, que débordent des arbres : c'est le jardin des Sourds et Muets.

Sur la chaussée, à gauche, un fiacre est arrêté. Sur le trottoir, à droite, des passants, un homme et deux femmes.

Signé à droite, en bas, et daté : *Jongkind, 1872.*

Toile. Haut., 46 cent. 1/2 ; larg., 33 cent. 1/2.

Vente Schœngrün.

JONGKIND

11 — *Environs de Honfleur.*

Signé à droite, en bas, et daté : *Jongkind, 1865.*

Toile. Haut., 41 cent.; larg., 32 cent.

MEISSONIER

12 — *Paysage.*

Signé à gauche, en bas, du monogramme : *E. M.*

Panneau. Haut., 14 cent. ; larg., 20 cent.

Vente Sedelmeyer.

N° 10. — JONGKIND. *La Rue Saint-Jacques.*

5800

2

MEISSONIER

13 — *Étude de cheval gris pommelé.*

Signé à gauche, en bas, du monogramme : *E. M.*

Panneau. Haut., 33 cent. ; larg., 19 cent.

MONET (Claude)

14 — *Rotterdam.*

A gauche, un quai, au bord duquel se dressent plusieurs maisons, d'un ton bleu brun, dans le style de la Renaissance hollandaise. A côté, quelques arbres. D'autres monuments, des ponts, une estacade, sont aperçus dans l'éloignement. Sur le devant du quai, deux péniches amarrées. Sur la droite, quelques voiliers.

Le ciel gris bleu est nuancé par le crépuscule de teintes roses, qui se reflètent dans l'eau.

Signé à gauche, en bas : *Claude Monet.*

Toile. Haut., 60 cent. 1/2 ; larg., 1 mètre.

Collection E. May.
Collection Rosenberg.

RIBOT

15 — *Figues vertes.*

Signé à gauche, en bas : *T. Ribot.*

Toile. Haut., 23 cent. ; larg., 33 cent.

N° 14. — MONET (CLAUDE). *Rotterdam.*

9100

SISLEY (Alfred)

16 — *Matinée d'hiver (la Route).*

6500

A l'entrée du bois, une route neigeuse au milieu de laquelle le passage des voitures a laissé une trace.

A droite, une ligne d'arbres défeuillés.

A gauche, premier plan, des buissons épais.

Le ciel est d'un bleu fin, taché de quelques nuages blancs un peu dorés.

Signé à droite, en bas : *Sisley*.

Toile. Haut., 46 cent.; larg., 55 cent. 1/2.

Exposition Sisley, chez Rosenberg

N° 16. — SISLEY (ALFRED). *Matinée d'hiver (la Route).*

6500

SISLEY (Alfred)

17 — *La Débâcle.*

Au fond, un rideau de grands arbres dépouillés, sur lequel se détachent quelques maisons dorées par un soleil d'hiver. Elles bordent la rivière où le dégel fait flotter d'énormes glaçons qu'un homme en barque dirige au moyen d'une perche.

6080
Montaignac

Au premier plan, sur la neige, deux personnages debout.

Ciel chargé, d'un gris bleu, avec quelques nuances discrètes de mauve.

Signé à gauche, en bas, et daté : *Sisley 76.*

Toile. Haut., 38 cent.; larg., 55 cent.

N° 17. SISLEY (ALFRED). — *La Debâcle.*

6080

SISLEY (Alfred)

18 — *Louveciennes.*

Un chemin creux, où deux hommes sont arrêtés, regardant venir une femme qui s'avance. A droite et à gauche, des maisons entourées d'arbres : les uns sont encore verts, les autres sont déjà jaunis ou dépouillés par l'automne. Au fond, une pente boisée. Ciel léger d'octobre. Fine atmosphere dorée.

Signé à gauche, en bas, et daté : *Sisley, 75.*

Toile. Haut., 48 cent.; larg., 31 cent. 1/2.

ZIEM (Félix)

19 — *Petits ânes.*

Signé à droite, en bas : *Ziem.*

Panneau. Haut., 25 cent.; larg., 33 cent.

Vente Demandols.

ZIEM (Félix)

20 — *Fleurs.*

Signé à droite, en bas.

Panneau. Haut., 65 cent.; larg., 45 cent.

N° 18. — SISLEY (Alfred). *Louveciennes.*

4.500

Aquarelles, Pastels, Dessins

BESNARD (Albert)

21 — *Junon.*

Elle est vue jusqu'à mi-corps, de face, le torse nu, que veloute et dore une abondante lumière. Le bras gauche replié soutient la tête pleine de noblesse, vue de trois quarts, aux cheveux bruns relevés sur le front et pressés par un cercle d'or.

Signé à droite, en haut, et daté : *A. Besnard, Rome 1906.*

Haut., 65 cent. 1/2 ; larg., 54 cent.

BONVIN

22 — *Étude de religieuses.*

Elles sont quatre agenouillées, en prière.

Dessin.

Signé à droite, en bas : *F. Bonvin, 1875, 22 9bre.*

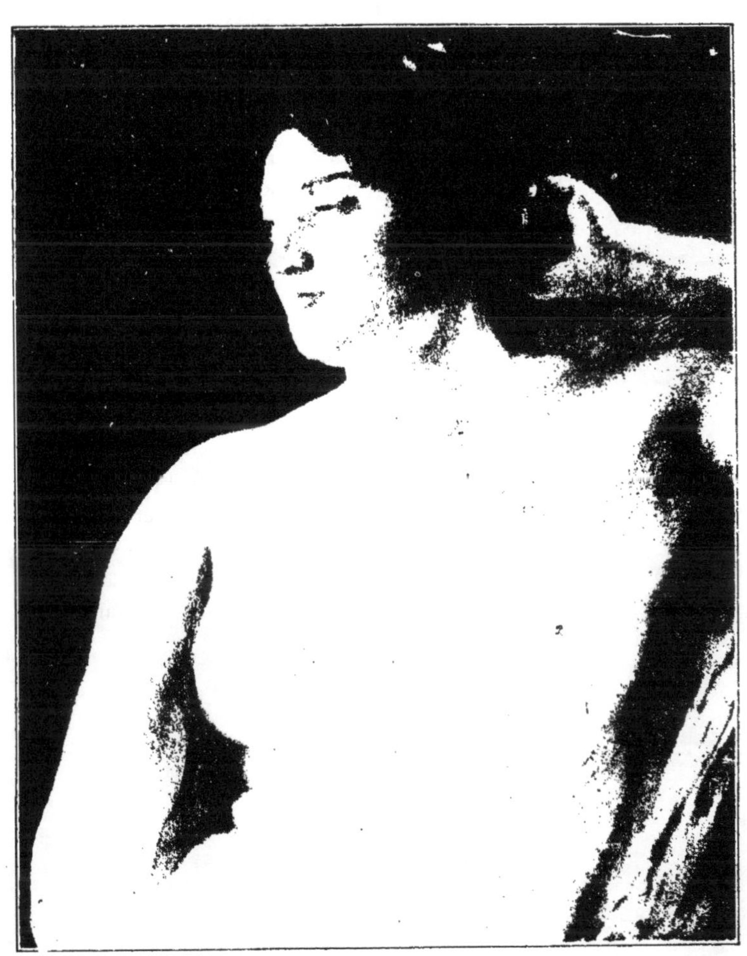

N° 21. — BESNARD (Albert). *Junon.*

3 200

BOUDIN (Eugène)

23 — *Deux études de Rotterdam.*

Aquarelles.
110 Signées à gauche, en bas : *E. Boudin.*
Portant à droite le monograme : *E. B.*

Haut., 11 cent. ; larg., 15 cent.
Haut., 17 cent. ; larg., 21 cent.

DEGAS

24 — *Danseuses.*

Au foyer, quelques danseuses forment un groupe animé. L'une d'elles à droite, en corsage bleu, se penche vers une de ses compagnes qui, à gauche, la tête inclinée sur la poitrine, les mains réunies sur le devant du tutu, s'essaye à faire des pointes.

14 300

Pastel.
Signé à gauche, en haut : *Degas.*

Haut., 59 cent. ; larg., 71 cent.

DELACROIX

25 — *Musiciens marocains.*

Dessin.
300 Signé à gauche, en bas, du cachet de la vente.

Koechlin

Haut., 23 cent. ; larg., 27 cent.

Vente Paul Meurice.
Catalogue Robaut, n° 403.

N° 24. — DEGAS. *Danseuses.*

14 300

DELACROIX

26 — *Groupe des Grecs illustres, dit les Sages de la Grèce.*

Dessin.

Signé à droite, en bas, du monogramme de la vente.

Haut., 24 cent.; larg., 29 cent.

A figuré à l'Exposition Centennale de 1889.
Catalogue Robaut, n° 954.

DUPRÉ (Jules)

27 — *La Mare aux chênes.*

Dessin.

Signé à droite, en bas : *J. Dupré.*

Haut., 13 cent.; larg., 18 cent.

Vente Cheramy.

FANTIN-LATOUR

28 — *Femmes lisant.*

Dessin.

Signé à droite, en haut et daté : *Fantin, 1879.*

Le tableau est au musée de Lyon.

Haut., 23 cent.; larg., 31 cent.

FROMENTIN (Eugène)

29 — *Femme arabe.*

Dessin.

Porte à droite, vers le bas, le cachet de la vente.

Haut., 21 cent.; larg., 26 cent.

GAVARNI

30 — *Le Bourgeois.*

Légende à droite : *Ne lui parlez pas des artistes.*

Dessin aquarellé.

Signé à gauche, en bas.

Haut., 26 cent.; larg., 20 cent.

Vente Cheramy.

GELÉE (Claude), dit le Lorrain

31 — *Paysage animé.*

Dessin rehaussé.

Haut., 19 cent.; larg., 24 cent.

Vente Marmontel, n° 27.

HARPIGNIES

32 — *Saint-Privé.*

Aquarelle.

Signée en bas, à gauche, et datée : *H. Harpignies, 1879.*

Haut., 12 cent.; larg., 15 cent.

JACQUE (Charles)

33 — *Moutons à la mare.*

Dessin.

Signé à droite, en bas : *Ch. Jacque.*

Haut., 36 cent.; larg., 50 cent.

Vente Charles Jacque, n° 71.

Vente Porto-Riche.

MANET (Édouard)

34 — *Femme au piano.*

Aquarelle.

Porte au dos le cachet de la *Succession Ve Ed. Manet.*

Haut., 32 cent. 1/2; larg., 23 cent.

MEISSONIER

35 — *Le Fumeur.*

Dessin.

Signé à gauche, en bas, du monogramme : *E. M.*

Haut., 13 cent.; larg., 9 cent.

PRUD'HON

36 — *Femme debout.*

Haut., 57 cent.; larg., 28 cent.

Vente de Boisfremont.

www.ingramcontent.com/pod-product-compliance
Ingram Content Group UK Ltd.
Pitfield, Milton Keynes, MK11 3LW, UK
UKHW021040260726
13994UKWH00005B/2281